CB043496

ESTRELA RUIZ LEMINSKI

POESIA É NÃO

ESTRELA RUIZ LEMINSKI

POESIA É NÃO

ILUMINURAS

COPYRIGHT © 2011

Estrela Ruiz Leminski

COPYRIGHT © DESTA EDIÇÃO

Editora Iluminuras Ltda.

REVISÃO DE TEXTOS

Mara Fontoura

DESIGN GRÁFICO E EDITORAÇÃO DIGITAL DE IMAGENS

Marco Mazzarotto (Lado B Design)

FOTOGRAFIA E DEMAIS IMAGENS

Estrela Ruiz Leminski

COORDENAÇÃO E PRODUÇÃO EXECUTIVA

Mara Fontoura / Gramofone Produtora Cultural.

CIP-BRASIL. CATALOGAÇÃO-NA-FONTE
SINDICATO NACIONAL DOS EDITORES DE LIVROS, RJ

L571p

Leminski, Estrela, 1981-
    Poesia é não / Estrela Ruiz Leminski ; coordenação e produção Gramofone.
- São Paulo : Iluminuras, 2011- 1.Reimpressão, 2013.
    il.

    ISBN 978-85-7321-341-6

    1. Poesia brasileira. I. Gramofone. II. Título.

11-0798.

10.02.11   10.02.11

CDD: 869.91
CDU: 821.134.3(81)-1
024472

2013
EDITORA ILUMINURAS LTDA.
Rua Inácio Pereira da Rocha, 389 | 05432-011 | São Paulo - SP | Brasil
Tel\Fax: 11 3031-6161
iluminuras@iluminuras.com.br
www.iluminuras.com.br

para Leon Miguel Leminski Ruiz que

transformou meus dias em poesia.

nossa comunicação:

de

enviável

a

inviável

reverto o verso

refaço o traço

reciclo o ciclo

divirto o pão e o circo

refazer o essencial

deter o comercial

retificar o final

verter suor e sal

ainda falta quanto

para orientar o carnaval?

seria assim?
eu sereia
você em mim?

a poesia es

mas juro c

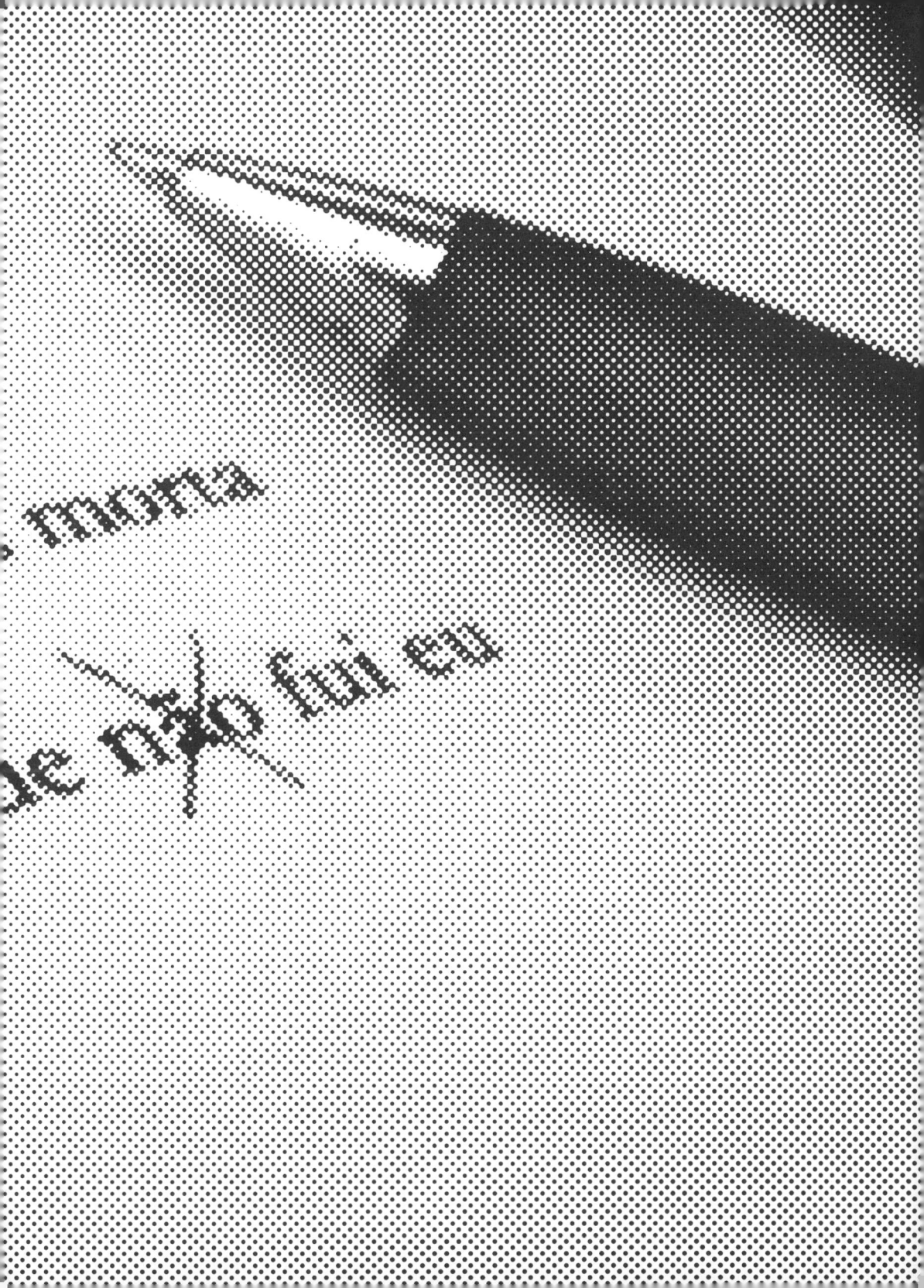

rima rica o cacete

prefiro a plebe dos verbetes

só vou ser uma poeta de reputação

e moça de boa família

o dia que acabar com esse amor a rima

sem explicações concretas

posso exagerar no visual

sair pela estrada

em uma via marginal

aí vou cair na gandaia

com as palavras

não importando o artigo

podia me especializar

em orgia

com os significados

e as insignificâncias

mas chega de intelectualidades e

elogio aos sentidos

que isso me dá uma puta ânsia

que troço esquisito

que começa com para sempre

atravessa até que a morte nos separe

e termina com preferia nunca ter te conhecido?

eu edito mas não é inédito

eu medito mas sempre sou cético

eu acredito mas não me dão crédito

eu me medico mas não tenho remédio

eu me dedico mas não é nada sério

eu implico mas não sou cego

eu sou todo ouvidos mas não ouço estéreo

eu pago mico mas não nego

eu tenho siricotico mas não lembro do telecoteco

eu sempre sigo mas não estou nem perto

eu sou o meu mistério

este funeral tem a fôrma
dos que se formam
dos que se mofam
dos que se fumaram
dos que se famam

este funeral tem a cena
dos que se aquecem
dos que se amassaram
dos que se esquecem
dos que se acenaram

de qualquer forma
este funeral tem
também
os que nada
foram

e se foram

estou em dilema
isso é minha sina
ou o meu lema?

Poesia não é catarse. Poesia não é catarse.

Poesia não é catarse. Poesia não é catarse.

mesmo sempre sabendo que

no dia que te conheci o mundo ficou da cor do

todos os momentos juntos eram exatamente como

naquele primeiro beijo eu senti que

cada espera tua dói como se

depois deste tempo ao teu lado eu vejo a

desde então

estou sem

temos em comum
uma toalha bordada
fotos escondidas
uma data desmarcada
assuntos evitados

juntos cultivamos
uma raiva contida
mágoas alimentadas
a ferro, fogo e água

para cada um restou
um nó na garganta
um aperto no peito
um estômago virado

temos sobretudo
esse imenso, memorável
decorado e incensado
nada
de coisa
alguma

aprendiz de poeta

cala a boca

e me diz o que te afeta

se soubesse quantos

bons poetas tem por aí

se soubesse quantos gênios estão por vir

não ficava

com essa angústia perpétua

quanto mais se escreve

menos se diz

se menos diz

enriquece mais

nada dito

pode ser

tudo

tanto faz

Poesia não é util

Poesia não é util

Poesia não é util
Poesia não é util
Poesia não é util
Poesia não é util

Poesia não é util
Poesia não é util
Poesia não é util

Poesia não é util

Poesia não é util
Poesia não é util
Poesia não é util

Poesia não é util
Poesia não é util
Poesia não é util

o começo de tudo

isso sim

é o

enfim

do mundo

mesmo sendo uma folha,
uma mísera parte
e duma infinitésima árvore,
a folha tomou coragem.

ba

lan

çou

ca

iu

mas ninguém

viu

com ninguém

ser zen

ou ser sem?

mejor
hombre
mujer
sobre

cambia
nombre
misma
hambre

hombre
libro
mujer
libra

cambia
timbre
mismo
libre

hombre
siembra
mujer
hembra

cambia
membro
misma
obra

cumbre
hombre
mujer
lumbre

cambia
suerte
misma
muerte

você fala

eu te amo.

você fala.

eu, te amo

procura, então, tem cura?

há quem diga que prevalece a loucura

há quem veja na pergunta

o ponto chave e o buraco da fechadura

mas a dúvida perdura

se há uma palavra que te possua

ainda que precavidos

de prerrogativas e abismos

estamos bem servidos

por esses achados

somos perdidos

tem alguém aqui

tem que eu vi um vulto

tem que ouvi os passos

a voz o gesto

tem alguém aqui que é resto

ou insulto

alguém que é incerto

tem alguém aqui que se perdeu

sombra

assombração

lembrança

presença

sou eu

atento

ao ontem

anteontem

Poesia não vende

Poesia não vende

Poesia não é notícia

Poesia não é

Poesia não é oficial

Poesia não é oficial

vende

vende

é notíci

ACEITAMOS SEU
POEMA

COMO

dentro de mim mora um monstro

um monstro que come pedra e arrasta correntes

um monstro que não dorme

que quando quer sair faz muito estrago

dizem que é parente daquele do lago

mas não tem ninguém que fale sua língua

já nasceu extinta

basta uma palavra e pronto

fica enfurecido o meu monstro

a um ponto que não tem quem demonstre

nunca vi uma raiva sem fundo

esse monstro

tem a fome do mundo

fazemos tudo por essa

multidão pedindo bis

queremos ser algo mais

reis do rock, baião, iê-iê-iê

mesmo quando

a plateia e o público

se resumem

a eu e você

minha hermana

meio Margaret Thatcher

Madre Teresa

Marilyn Monroe

Chiquita Bacana

me ensinou a dançar e ouvir rap, jazz, mantras

me cuidou nos fins de semana

brigou para escovar os dentes e ir pra cama

me ensinou que

a gente não

mas a vida sim

assobia e chupa cana

o que sou eu

mas não em mim

nela

emana

se de pronto
a porta abre
de tão perto
você parte
eu no aperto
você só porto

aparto o grito
abafado pelo apito
agora só o tempo
e lembrar
do mar morto

-Eu?!

Jesus Cristo é o Senhor!!!

lancei meus livros

no meu público-alvo

e errei na mosca

UM É POUCO

DOIS É BOM

TRÉS É DEMAIS

letras
casas

palavras
cidades

moradias vazias
se não lidas

abandonadas
se entendidas
pela metade

meu pai português porreta
desbravou 7 mares
só pelo tesão da viagem
na sua nau catataurineta

meu pai negão
com saudades nem sabia do quê
comeu terra até conseguir a
liberdade real da escravidão

meu pai pajé chefe índio
foi contra imposições e exílios
decidiu não ter mais filhos
e decretou o fim da própria tribo

meu pai samurai que era
depois de se esbaldar de sashimi
ao próprio exército declarou guerra
e diante de todos cometeu harakiri

meu pai revolucionário
correu de encontro à milícia armada
cantando a quarta internacional
e pensando no 18 Brumário

meu pai grego
encontrou Sócrates
lhe ofereceu da cicuta mais uma dose
e propôs um brinde
à vida e suas metaformoses

meu pai enfim era brasileiro
e enfrentando a vida rala
com goles de cachaça
disse sem pestanejar:
-Atirem o poeta ao mar!!!

ADMITE-SE

OPERADOR

SEGURANÇA

RECEPCIONISTA

POESIA NÃO

de duas

cada

uma

de

por todas

cada

vez

vez

de duas

de uma

cada

por todas

de duas

cada

uma

de

por todas

cada

vez

vez

uma

por todas

de duas

de   uma

de duas

cada

vez

por todas

de

de duas

uma

de

por todas

cada

vez

vez

de duas

de uma

cada

por todas

de duas

de

vez

uma

cada

por todas

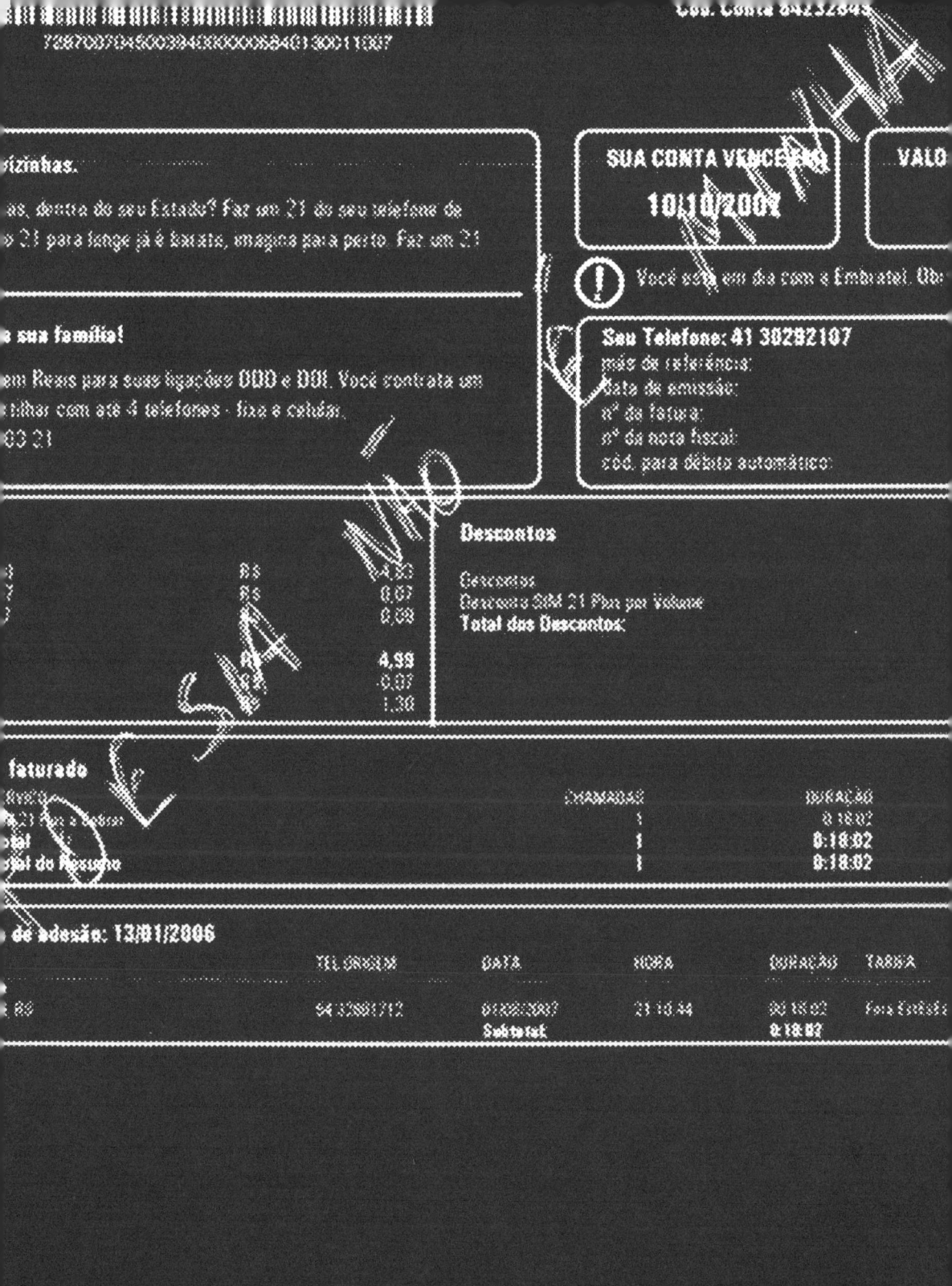

Unidos da Autofagia

se auto-consumo-me eu

meu se auto-consumo

eu se auto-consumo-me

minhas palavras sujas deixei expostas no varal
embuti rispidez na voz
goela abaixo enfiei desconfiança

quebrei minha coleção de ilusões
joguei pela janela do apartamento
as boas lembranças

não respondi ao bom-dia do vizinho
do meu benzinho
recusei todos os carinhos

de codinome escolhi: Insana
só pra me sentir menos ameaçada
por esta condição humana

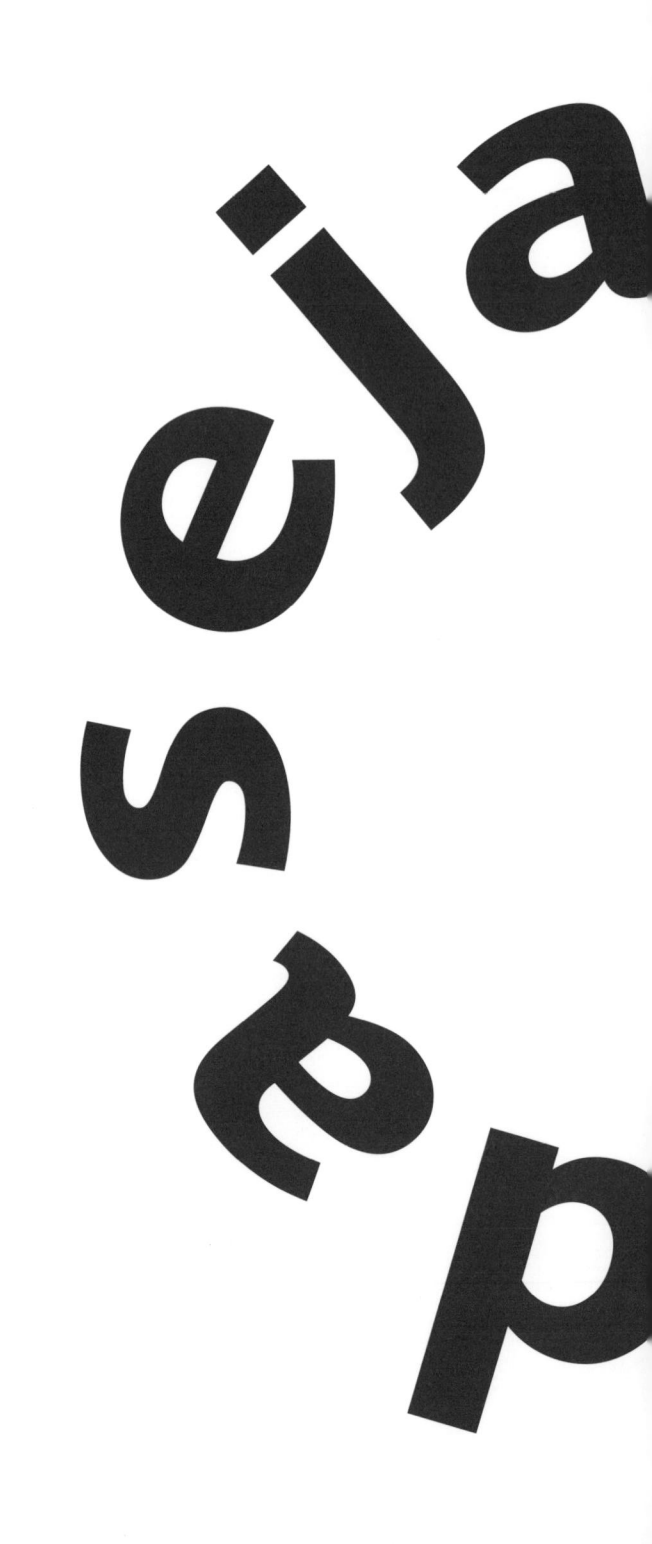

no samba
do milagre-alegria
lágrima é alegoria

você se foi
e tudo que agora é antes
ficou pra depois

A Poesia
não é
da gaveta

cutuque a onça com a vara curta o mo

ento é agora chega

sou cachoeira

fúria de água insistente

esmurrando pedra morro paciente

firme na contracorrente

deixar a vida passar

mostra que ser resistente

de verdade

é nem questionar

não interessam as intenções do rio

jorra

sempre

morro

abaixo

uma

imensa

sensação

de vazio

POESiA NÃO

É PROTESTO!

Sylvia desistiu

Marina se rendeu

Virgínia não quis mais

Aglaja pediu as contas

Dorothy abortou a missão

Alfonsina mandou às favas

Anayde entregou os pontos

Florbela abandonou o barco

Ana Cristina mandou tudo à merda

e eu aqui

de quando em quando

teimando

teimando

teimando

teimando

teimando

teimando

teimando

teimando

teimando

teimando

teimando

teimando

teimando

teimando

teimando

teimando

teimando

teimando

teimando

sendo

tentada

teimando

teimando

teimando

teimando

teimando

teimando

teimando

teimando

teimando

teimando

teimando

teimando

teimando

teimando

se tem curiosidade em tudo que faço
persiga meus dados
siga meus passos
leia meus recados

se te incomoda o que já fiz
jogue fora as cartas mofadas
rasgue fotos do passado
vá cuidar do seu nariz

mas se depois disso tudo
ainda te parece uma ferida
preste atenção se não queria
que fosse tua a minha vida

moleque inventa super-herói
pra aguentar porrada

moleque inventa seu nome
pra ter história

moleque inventa padrasto
pra suportar o abandono

moleque inventa caixote
pra construir casa

moleque inventa seu vício
pra iludir alento

vai precisar do que
pra inventar um moleque?

vida após a morte
morte após vida
porta de entrada
ou saída?

sem ter

conter

sem sentido

consentir

POESIA

para Nicolas Behr

minha poesia é marginal e por isso vê o centro

minha poesia era virgem até sair que nem louca
flertando com outras poesias em Minas Gerais

minha poesia se convenceu que quem gosta de
folha cai na literatura ou na botânica

minha poesia será copiada na internet e usada em
todo o ensino público, inclusive no vestibular. Mas
isso só quando eu morrer.

minha poesia queria morar em BH, passar as férias
nas chapadas e ser sucesso absoluto em São Paulo

minha poesia não aceita conversa fiada.
Favor não insistir.

2º ROUND

a folha em branco
desafia
o choro do filho
nocauteia

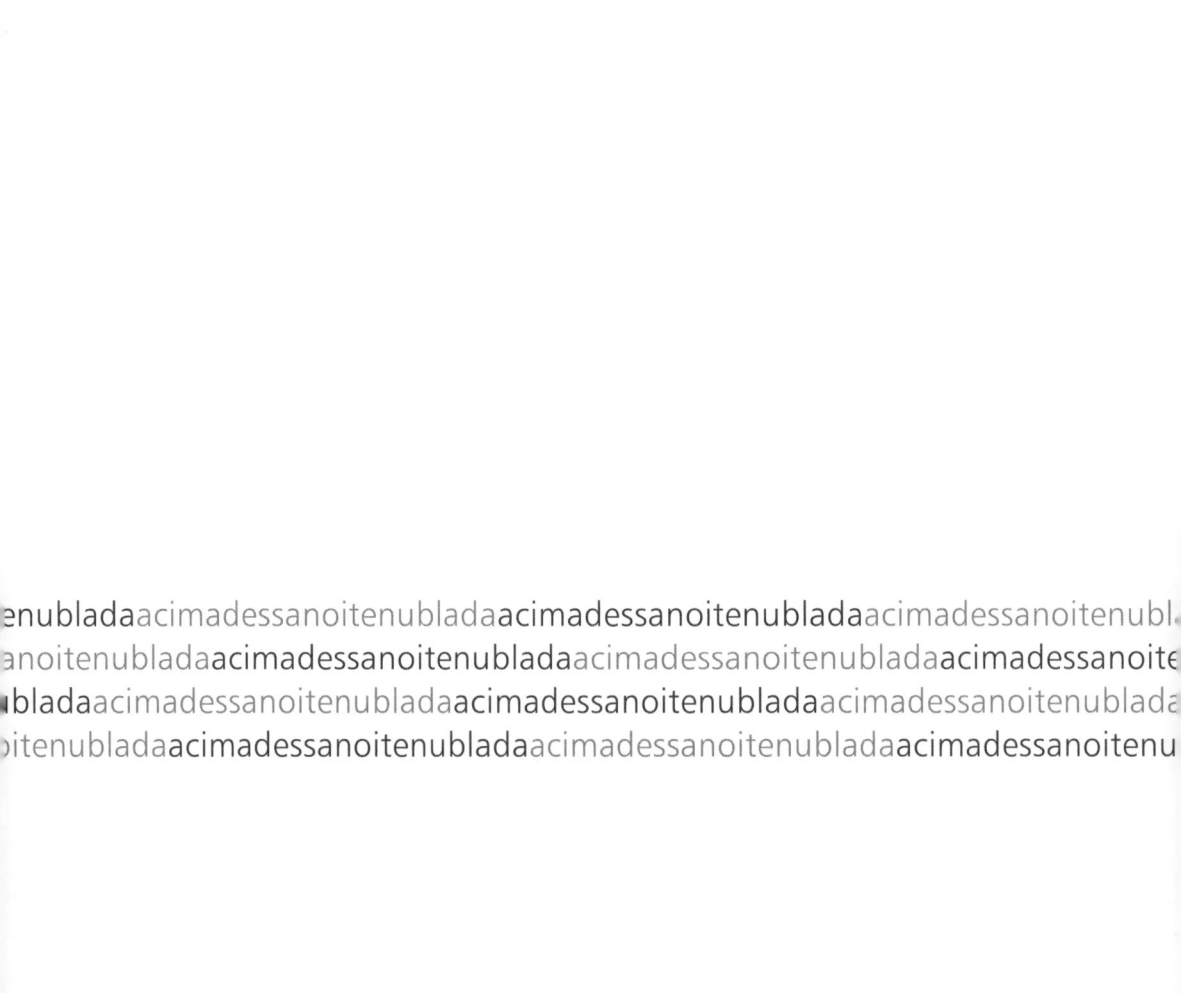

sempre há
um luar

essanoitenubladaacimadessanoitenubladaacimadessanoitenubladaacimadess
acimadessanoitenubladaacimadessanoitenubladaacimadessanoitenubladaacim
essanoitenubladaacimadessanoitenubladaacimadessanoitenubladaacimadessan
imadessanoitenubladaacimadessanoitenubladaacimadessanoitenubladaacimade

DE GRAMÁTICA PARA QUE

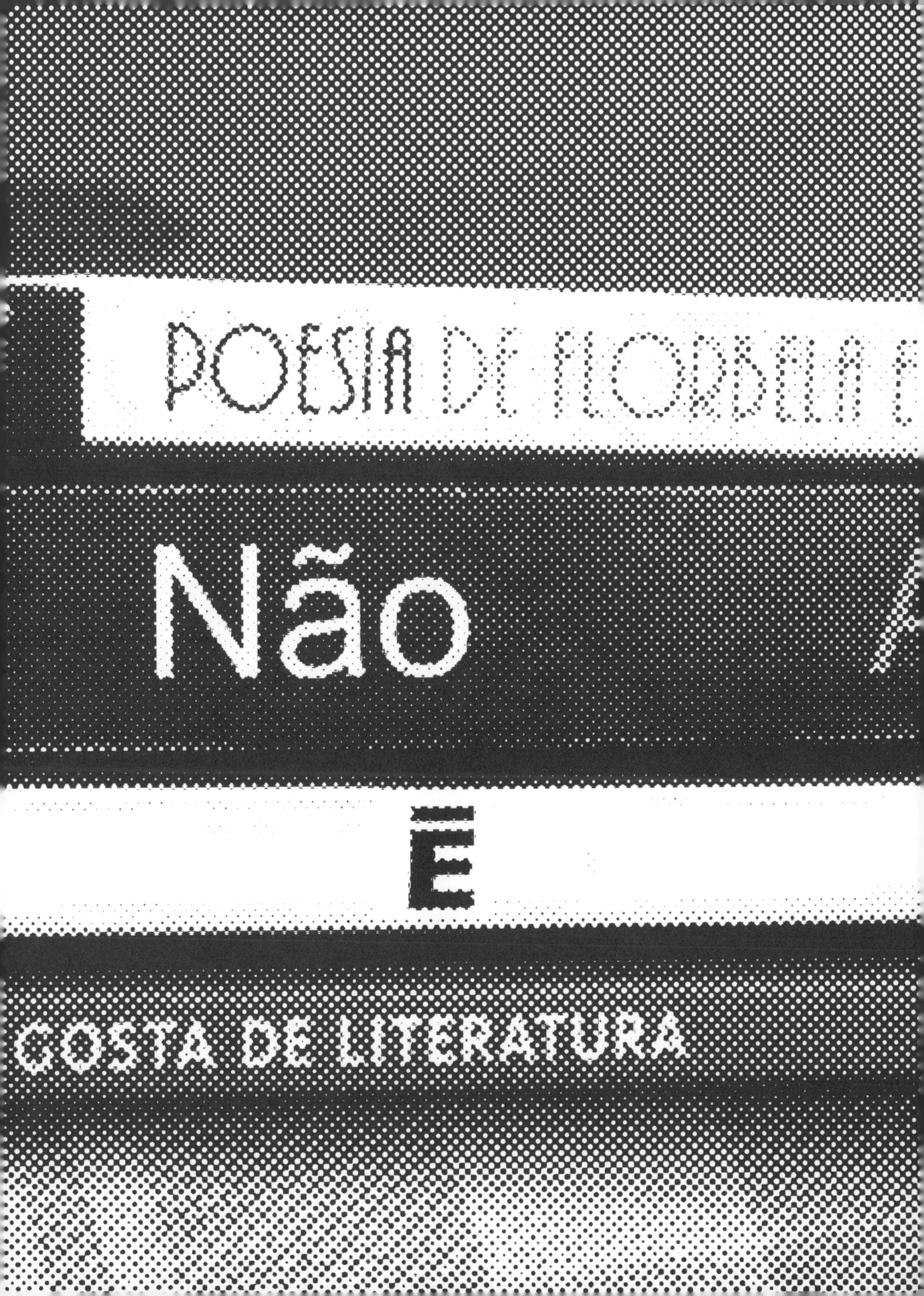
POESIA DE FLORBELA
Não
É
GOSTA DE LITERATURA

são lendas de Iemanjá

são lendas gregas

são templos hindus

são tempos idos

são cantos de orixás

são cantos índios

são de dizer e calar

mas o som é o som

são solos de oboé

o som e o sentido

são rimas de Maomé

de todo o princípio

são contrapontos de fé

e o resto é silêncio

são de viver e amar

e alguns que nunca ouvirão

são letras pra transformar

são lemas gritos

são pra vender e avisar

são tantos ruídos

são pra esquecer e lembrar

o que é ser vivo

são de sentir e pensar

tantos que ainda virão

são sons sãos

sem senãos

são tão bons

*com Téo Ruiz

era só sexo

eram só ideias

eram poucos planos

eram algumas afinidades

e era tudo

se ser só é
se sabe
o que já se espera
porque de sobressalto
sempre
se desespera?

caneta no papel tatua texto
falando do seu tato de tudo aquilo de sentimento

caneta no papel tatua texto
atento relatando acontecimentos

caneta no papel tatua texto
sobre aquele tempo atarefado tenso

caneta no papel tatua texto
o que está por trás das palavras sem pretexto

caneta no papel tatua texto
na tentativa de não virar puro esquecimento

sem sacada
a sacanagem
nesse seu beijo
cheio de linguagem

O amor, a poesia, a justiça, a política, a estética, a propaganda, a família, a sociedade, a arte, a religião, o trabalho é tudo relação de poder.

Vê se pode.

A POESIA (MAS) A INFLUÊNCIA

plátano de sombra
a la primavera
hace una alfombra

a vida que a gente leva

até a árvore

neva

a partir de quando

o jovem poeta de gaveta

vira um escritor de renome?

é quando o nome vira codinome

ou quando se recheia de banha o abdômen?

aquele poema
cheio de significado
custou muito
coração signipartido

s a poesia não. O verso é livre mas a poesia não.

re mas a poesia não. O verso é livre mas a poesia

sia não. O verso é livre mas a poesia não. O verso

so é livre mas a poesia não. O verso é livre mas a

as a poesia não. O verso é livre mas a poesia não

a não. O verso é livre mas a poesia não. O verso é

mas a poesia não. O verso é livre mas a poesia n

verso é livre mas a poesia não. O verso é livre ma

poesia não. O verso é livre mas a poesia não. O v

vre mas a poesia não. O verso é livre mas a poesi

se em cada pé tem um tropeço
o meu passado pelo avesso
cada tempo o seu invento
cada passo o seu intento
eu faço desse pasto, o meu rastro
o meu próprio alimento

de que adiantam os meus olhos
enxergando o que não aguento
de que adianta mais uma dose
qualquer coisa pro meu alento
eu faço de qualquer parte, a minha arte
o meu momento

se piso em falso, escondo o jogo
se troco as bolas, invento outro
se pago pato, eu peço o troco
se pagam pouco eu complemento
se é foda começar de novo
pelo menos eu tento

Poesia, 18 seculinhos

Especialista em línguas, atendo a ambos os sexos. Faço oral, marginal ou o que a imaginação mandar. Sem rima cobro mais caro. Atendo em domicílio, em local próprio, ou no meio do caminho, se tiver uma pedra. Topo poetas menores, mas peço sigilo. Garantia da sua completa satisfação ou suas palavras de volta.

parece muito fácil
mudar a mente alheia
fazer reforma agrária
uivar pra lua cheia

parece fácil a beça
distribuir a renda
curtir a natureza
mas a guerra tem pressa

parece fácil pra caramba
dividir teto, casa, cama
se declarar pra quem se ama

se é fácil me diz
mudar pra outro país
ver teu show sem pedir bis
entender o que fiz

parece fácil mas não é
ser homem, ser mulher
entender o que se é

se não pode sentir sinto muito

se não pode dizer tá falado

se não dá para explicar falou

se não pode pensar podou

se não tem arremedo que remédio

se não pode ter não tem tédio

se a vida é cheia demais

o amor é cheio de vãos

o que seria de nós

sem esses senãos

TIPOGRAFIA Humanist 777

PAPEL Alta Alvura 120g/m²

IMPRESSÃO Corprint Gráfica